추억 속의 여행

머리말

 시를 쓴다는 것은 마음속에 흐르는 순간들을 붙잡아 기록하는 일입니다. 〈추억 속의 여행〉은 그렇게 탄생한 필자의 두 번째 시집입니다.

 전편(추억 속의 앨범)이 다소 어렵다는 이야기를 들었습니다. 그래서 이번에는 평이하게 더 많은 독자들에게 다가 갈 수 있도록 했습니다.

 하지만 변하지 않은 것이 있다면, 여전히 추억을 담고 삶의 울림을 전하려 했다는 점입니다.

 바라기는 이 작은 한 권의 시집이 독자 여러분의 가슴에도 따뜻한 흔적으로 남기를 바라는 마음입니다. 앞으로도 변함없는 사랑과 격려와 응원을 부탁드립니다.

2025년 봄

저자 유 희 신

차 례

1
가슴 아픈 사랑

그대는 봄비처럼 다가와
내 마음에 꽃을 피웠네.

햇살처럼 따스했던 날들
이제는 아련한 추억 되었네.

눈을 감으면 떠오르는
그대의 미소, 그대의 향기.

달빛 아래 머물던 속삭임
그 사랑, 이제는 바람이네.

하지만,
가슴 아픈 그 사랑.

세월 속에 묻어둔다 해도
한 조각 그리움으로 남으리.

2
갈매기

저 수평선 위로
자유의 궤적을 그리는 새.

날개는 바람을 의지하고
몸은 허공을 가로지른다.

바람의 결을 읽으며
하얀 날개를 펼치는 새.

어디쯤이 고향일까
어디쯤이 머물 곳일까

끝없는 수평선을 넘나들지만
갈매기는 묻지 않는다.

그저, 바람이 좋으면 멀리 가고
파도가 거세면 잠시 쉰다.

3
갈색 추억

시간은 결국 색을 바꾼다
녹음이 깊던 날들도
언젠가는 갈색이 되듯이.

추억 또한 그러하다
선명했던 얼굴, 뜨겁던 순간도.

지금은, 바람 한 점에 부서져
낙엽처럼 흩어지네

낡은 사진첩 한 귀퉁이에서
희미하게 웃고 있는 얼굴.

너는 아직도 그 추억 속에서
나를 바라보고 있네.

세월이 흘러도, 우리는 그렇게
잊히고 남고 기억하며 살아가는구나.

4
강가에 앉아

강물이 흐르네
말없이 흐르네
노을을 품고 느리게 흐르네.

오래된 벤치 위엔
낡은 사색 하나 기대어 있다.

어디서 온 걸음인가?
어디로 가는 흐름인가?

강물도, 길도
그리고 그대도
한 때 스쳐 지나가는 나그네.

그러나 이 순간,
우리는 서로의 시간을 적신다.

5
개나리

새벽의 고요함 속에
신의 은총이 내려앉은 듯.

대지를 감싸 안는 황금빛 외침이
우리 영혼에 잔잔한 빛을 비춘다.

개나리 한 송이
창조주의 손길 따라 피어난 기적.

그 작고 고운 꽃잎마다
영원한 사랑의 메시지가 깃드네.

이 봄날, 너와 함께 걷는 길은
하늘과 땅이 맞닿는 작은 행복

너는 빛과 희망을 속삭이며
사랑과 구원의 노래를 전하는 봄의 황제다.

6
개망초

누가 너를 잡초라 하는가
누가 너를 꽃이라 부르는가.

너는 다만 피어 있을 뿐
흙을 딛고, 바람을 머금고
태양을 따라 고개를 돌릴 뿐.

누구를 위해서가 아니라
그저 피고 싶은 마음 하나로.

소리 없이 피고 지지만
어느 날 문득 떠오를 것이다.

그 여린 줄기 속에 담긴
강인한 마음 하나.

7
거미줄

한 올의 예술이
새벽, 어둠을 엮어
반짝이는 그물을 짓는다.

햇살 한 줄기 스며들면
팽팽해진 거미줄 위로
바람은 스치며 지나간다.

오래도록 기다리는 것,
움직이지 않되 흔들리는 것,
공중에 띄운 운명의 그물.

잡은 것보다 놓친 것이 많아도
바람이 찢어도, 비가 쓸어도,
거미는 다시 실을 뽑는다.

이토록 가느다란 필연을
누가 쉽게 끊어낼 수 있을까.

8
길을 묻지 마라

길 위에서 길을 묻지 마라
너의 발끝이 향하는 곳이 곧 길이니.

떠나는 자에게 지도는 필요 없고
머뭇거리는 자에게 나침판은 무용하다.

한 걸음, 다시 한 걸음
네 의지로 두려움을 떨쳐라.

기억하라!
길은 본래 없었다는 것을.

너의 의지와 너의 걸음만이
오직 그 길을 만든다는 것을.

9
겨울 강

강물은 얼어도 흐른다
겉은 단단한 얼음이지만
얼음 속을 묵묵히 흐른다.

겨울바람이 채찍질해도
강물은 말이 없네.

어디에도 머물지 않고
어디에도 닿지 않으며
그저 길을 따라 흐른다.

겨울 강은,
침묵 속에서 깊이를 더하고
시간 속에서 길을 낸다.

그리하여 겨울 강은 알고 있다
멈춘 듯 흐르는 법을
얼어도 길을 잃지 않는 법을.

겸손(謙遜)

꽃은 말한다,
조용히 피어야 향기가 멀리 간다고.

나무가 말한다,
고개를 숙여야 열매가 맺힌다고.

강물이 말한다.
낮은 곳으로 흘러야 바다를 만난다고.

먼지로 빚어진 인간이
어찌 스스로를 높일 수 있을까?
겸손이란, 스스로를 비우는 것.

낮아짐은 곧 채워짐
비움은 곧 가득함
겸손한 자에게 하늘의 은혜가 머무네.

경주 최 부자

부(富)란 무엇인가?
쌓아올린 벽인가
흘러 보낸 강물인가.

오백 년에 걸친 선비의 정신,
높은 곳은 보지 말라
벼슬을 탐하지 말라
재물은 쌓되 가두지 말라
가진 것은 나누되 생색내지 말라.

땅은 넓어도 마음은 좁지 않고
금은 가득하여도 손은 가벼웠네.

돈이란 손에 쥐는 것이 아니라
마음으로 품어야 하는 것.

흩어진 부(富)는 사라져도
흩어진 덕(德)은 길이 남아.

지금도 경주의 바람 속에
최 부자의 명성, 전설처럼 흐르고 있네.

12
경포호수 위에 뜬 달

호수가 주인인가,
달빛이 주인인가,
아니면, 공동으로 주인인가?

세월이 흘러도
달은 차고, 기울고.
호수는 늘 그 자리에 남아 있네.

달빛이 있어 호수가 빛나고
호수가 있어 달빛이 그윽하구나.

둘은 서로가 서로의 거울이 되어
어둠 속에서도 스스로를 발견하네.

호수는 거울같이 청정하고
달빛은 호수 위를 적시는구나.

그대들이여,
그대들은 어느 하늘이 흘린 잔상인가?

13
계절의 여왕

계절의 여왕 5월,
초록의 물결이 번져가며
세상은 온통 빛과 향기로 가득 찬다.

5월의 녹음 속에서
꽃은 피어나며 동시에 시들고

햇살은 따사롭되 곧 강렬하여
새로운 생명을 돕되
끝자락에 그림자를 남긴다.

너의 절정은 곧 쇠퇴의 문턱이요
너의 아름다움은 곧 덧없음의 증거라

너는 말한다.
모든 것은 흘러가고
모든 것은 다시 오며

"세상은 다시 순환하리라."

14
고추잠자리

저 붉은 날개,
창조주의 손길이 빚어낸 작은 기적

한때는 연못가에서,
어린 물속 생물이던 네가

이제는 파란 창공을 날며
빛과 바람을 자유로 누리니

날개 짓 하나에도 섭리가 흐른다
높이 오르되 교만하지 않고
가볍게 날되 흔들리지 않는 너

우리도 때가 되면 떠나리라
어디로 가는지 알지 못해도

어느 하늘 아래, 어느 빛 속에서
마침내 안식을 누리리
그때 너도 함께하는 축복이면 좋으리.

고향

멀리 있어도
눈 감으면 보이는 곳.

실개천이 흐르고
바람이 지나고

어머니 목소리처럼
따스한 햇살이 머무는 곳.

가끔은 돌아가고 싶다
구름마저 머물던 고향

바람도 햇살도
모두 나를 기억은 할까?

16
고향무정

고향은 늘 그 자리에 있다.
떠난 것은 나인데
나는 무시로 고향을 그리워한다.

시간은 흘러가지만
강물은 같은 곳을 흐르고
산은 같은 그림자를 드리운다.

그러나 내가 돌아가면
고향은 더 이상 고향이 아니다.

나는 길을 잃고
고향은 나를 모른 척한다.

익숙함이 낯설어지는 순간
나는 깨닫는다.

고향이 무정한 것이 아니라
내가 변해버렸다는 것을

17
곰배령 야생화

곰배령 그 품속에서
꽃들은 조용히 살아간다.

이름이 무엇이든,
어디서 왔든,
다만, 지금은 피어있는 것들.

한 송이, 그리고 또 한 송이
바람보다 가녀린 것들이
능선 위를 구름처럼 덮고 있네.

곰배령의 야생화는 말이 없다.
바람이 불어도 그대로 있고,
비가 내려도 웃고만 있네.

곰배령 야생화는
님이 아니와도 슬프지 않네
달빛이 없어도 슬프지 않네

곰배령 야상화는
산이 품어서 그저 좋다.

18
구례 산수유 꽃

산골 마을 산수유 마을
돌담길 따라 피어난 꽃.

황금빛 노오란 꽃
겨울의 흔적을 지우는 꽃.

봄은 이렇게 오고
또 이렇게 지나간다.

산수유꽃
지나는 발걸음마다
추억을 남기는 꽃.

아직 겨울이 풀리지 않은 실개천도
그대의 빛을 품고 노래 부른다.

구름처럼 흘러가리라

머물지 않는 것이 삶이라면
나도 구름처럼 흘러가리라.

머무는 듯 보여도
결코 멈추지 않는 저 구름처럼

뒤를 돌아보지 않고
흐르는 저 강물처럼.

남긴 것은 그저
잠시 스쳐간 그림자 뿐.

가야 할 길이 있다면
나도 머무르지 않으리.

하늘의 품으로 스며드는
한 조각 저 구름처럼.

귀뚜라미 우는 밤

풀섶 깊은 어둠 속,
적막을 뚫고 울리는 작은 현악기.

고독이 깊어질수록
더욱 선명해지는 소리.

그것은 바람의 편지인가?
어느 영혼의 떨림인가?

풀잎 아래 몸을 숨기고도
하늘을 향해 울어야만 하는 운명.

바람이 스치고 별빛이 흘러도
그대는 그저 울 뿐.

귀뚜라미 울음은
밤을 밝히는 절절한 기도.

그리하여 이 적막한 들판은
그대의 숨결로 더욱 가득하리라.

금낭화

내가 사랑하는 이여
그대는 한 번이라도
내 마음을 본 적 있나요?

바람 불 때마다 흔들리는
이 조그만 꽃잎 속에
붉게 타는 내 심장을요.

기다리는 것이 사랑이라면
나는 천 번도 더 피어나겠지요
고개 숙인 채로
그대 발길 머물기를 바라며.

하지만,
꽃이 진 뒤에는 알겠지요
이토록 붉었던 마음이
흙이 되어 사라지는 사연을.

기다린다는 것은

기다린다는 것은,
편지를 부치고 답장을 기다리는 일.

기다린다는 것은,
오지 않을 것을 알면서도
발자국 소리를 듣는 일.

기다린다는 것은,
그리움을 품은 슬픔이며
슬픔을 닮은 사랑이다.

기다린다는 것은,
시간이 나를 지나는 것이 아니라
내가 시간을 지나는 일.

기다린다는 것은,
어쩌면 오지 않을 것을 위해
존재하지 않는 것을 사랑하는 일이다.

23
기도(祈禱)

나는 그분의 이름을 부른다.

이미 내 안에 계시는 이를
어찌 다시 찾으리.

기도는 부름이 아니라,
이미 임재(臨在)하신 분께
귀 기울이는 일.

기도란,
하늘을 설득하는 것이 아니라
내 안의 옛 자아가 무너지고
신의 형상이 서는 일.

기도란,
한낱 속삭임이 아닌
신을 향한 깊은 영혼의 울림이다.

까치둥지

나뭇가지 위험하게 높은 곳
바람이 흔드는 끝자락.

까치는 가고 없는데도
둥지는 늘 그렇게 쓸쓸한 흔적.

한때는 정답던 자리
이제는 그리움뿐이네

까치집은, 언제나 그렇게
텅 빈 쓸쓸한 풍경.

생명들의 따스한 울음소리는
어느 해 봄바람 속에서나 들려올까?

깨달음

강물은 멈춘 적 없건만
바다는 언제나 그 자리에 있고.

그름은 떠다니건만
하늘은 어디에도 가지 않는다.

잡으려 하면 멀어지고
놓으려 하면 다가오는 것.

진리는 손안에 있지 않고
손을 펼친 빈 곳에 있네.

어느 날, 문득
풀잎 끝 이슬을 보았네.

떨어질 듯, 그러나 머물고
머무는 듯, 그러나 사라지는.

한 점 빛나는 순간, 나는 알았네
깨달음은 지금 여기,
내 안에 이미 있었다는 것을.

낚싯대 끝의 철학

고층 빌딩 숲을 떠나
강가에 앉는다.

찌 하나 던져 놓고
물살을 본다
바람을 본다.

물고기는 오지 않아도
강물은 흐르고
시간도 흐르고
내 마음도 흐른다.

도시에서는 잡히지 않던 것들이
여기선
손안에 머문다.

너의 속도로 가라

꽃은 제때에 피어나고
별도 제때에 빛을 낸다.

강물은 제 속도로 흐르고
구름도 제 갈 길로 흘러간다.

너는 왜 그리 서두르니
너는 왜 남들과 비교하니.

너의 시간은 너의 것
너의 길은 너의 것.

천천히 가도 괜찮아
네가 네 자신이면 충분해.

28
남한산성

1636년 병자호란,
눈보라 몰아치던 겨울
인조는 45일 간의 항쟁 끝에 항복했다.

이제, 산성은 말이 없다
그러나 그 침묵이야말로
가장 깊고 무거운 이야기.

세월은 바람이 되어
허물어진 성벽을 쓸어가고

역사는, 잊혀진 돌 틈에서 잠들지만
여전히 누군가에게 묻는다.

국가는, 무엇을 지키기 위해
누구를 위해 존재하는가?

29
낭만에 대하여

저녁 강가를 거닐며
풀꽃 하나 쓰다듬는 일.

멀리 있는 사람 떠올리며
고요히 창밖을 바라보는 일.

낭만이란
크게 거창한 것이 아니라

지금
내 곁에 있는 것들을.

조금 더
따뜻하게 바라보는 마음이지요.

오래된 노래 한 곡에
추억에 젖어도 좋으리.

그러나 낭만은
언제나 현재에 살아야 한다네.

노을 속을 흐르는 강

저물어 가는 해가
강물 위에 길게 눕고

바람은 한때의 꿈처럼
가만히 머물다 흩어진다.

나는, 강가에 앉아
지금 이 순간을 조용히 본다.

어느 새 저 노을빛 너머로
내 지난날의 얼굴들이 떠오른다.

흐르는 물을 닮아가기로 한 그때
물새 한 마리 가볍게 날아오르네.

나는 미소 짓는다
오늘도 강물이 살아 있음에.

대관령 목장

구름은,
산등성이를 타고 흐르고.

초록빛 바람은,
하얀 양털을 어루만진다.

들꽃은, 조용히 피어나고
동달새 노래는 하늘에 닿네.

멀리서 오는 향기는,
이 세상 것이 아닌 듯 낯설고도 깊은데.

안개는, 풀을 뜯는 양떼 위를
감싸면서 흐른다.

여기 대관령은
바람, 구름, 별이 함께 노래하는
하늘 아래 작은 축복의 동산이어라.

도라지꽃

어느 언덕 아래
그늘 속에 피어 있는 꽃.

누가 심은 것도 아닌데
누가 돌본 것도 아닌데.

스스로 피어나
조용히 하늘을 바라본다.

한 계절 살다가
소리 없이 지겠지만.

뿌리는 오래도록
그 자리를 기억하리.

바람이 불어와도
비가 내려도.

그저 그대로
꽃은, 조용히 피었다 간다.

33
동백꽃

먼 바다 끝
아득한 물결이 지쳐 머문 곳.

고요한 섬 하나
세월의 주름이 새겨진 바위 위에
붉은 동백꽃이 피어나네.

바람이 찢고, 파도가 덮쳐도
꽃은 지지 않는다.

동백꽃,
가혹한 겨울을 품고
고난을 먹고 자라는 꽃.

고요한 기다림 속에
한 점의 영혼처럼
소리 없는 저항처럼.

꽃은, 오직 자신을 붉게 태워
그렇게 순결한 꽃잎을 피운다.

두견새

밤마다
저 먼 산 어귀에서
애달픈 소리 울어오네.

부르는 것인지
기다리는 것인지
한 숨처럼 스며드는 소리.

나는 그 울음 속에서
잊힌 이름 하나
가만히 불러본다.

달빛이 흐르고
바람이 지나가도
그 소리는 멈추지 않네.

들국화

가을이면 피는 꽃
들길 끝 외로운 자리
혼자 서서 기다리는 꽃.

누가 보아 주지 않아도
누가 불러주지 않아도.

그저 피었다 지는 꽃
그저 그렇게 사는 꽃.

오직,
피어 있음 그 자체로
충분한 존재.

그게 네 운명이라면
누구라도 그렇게 살고 싶으리.

들에 핀 백합처럼

나는 가만히 피었네
바람이 불어도 가만히.

햇살이 내려도 가만히
그냥 흰 꽃으로 피었네.

누가 날 본대도 나는 모르고
누가 날 꺾어가도 나는 모르고.

그냥 하늘이 시키는 대로
그 자리에 그냥 피었네.

그러니 나는 슬프지 않네
그러니 나는 서럽지 않네.

우리 모두 들에 핀 백합처럼
그냥 그렇게 피었다 간다네.

떨어짐의 철학

낙엽은 묻는다
머무름이 곧 삶인가?
떠남이야말로 완성인가?

나무는 답하지 않는다
다만 바람이 밀어내는 대로
침묵 속에서 손을 놓는다.

낙엽이 가르쳐준 것은,
오래 붙잡는다고 영원한 것이 아니며
떨어진다고 사라지는 것도 아니라는 것.

흙으로 돌아감은 소멸이 아니라 귀환,
비움은 상실이 아니라 채움,
흔적 없이 사라지는 것이 아니라
어디엔가 스며드는 일.

나 이제야 깨닫는다
붙잡아야 할 것은 손에 없고
놓아야 할 것만이 손에 남는 것을.

38
마의 태자(麻衣太子)

허공에 스며든 이름,
역사의 그림자 속에 잊힌 그대여.

비단 옷을 버리고 삼베를 두른 태자여
금관을 내려놓고 산길을 오른 태자여.

왕좌(王座)가 없는 왕자(王子)는 무엇이며
조국이 없는 영혼은 어디로 가는가?

태자는 누구였던가,
왕관을 쓰지 못한 자인가
왕관을 내려놓은 자인가.

운명을 거슬러 떠난 자인가
운명의 손에 밀려난 자인가

나라가 무너지면,
왕자는 누구이며, 백성은 누구이며
태양 아래 빛나던 서라벌은 어디인가?

맹꽁이 소리

어둑한 저녁
맹꽁이 울어 운다.

처음엔 한 마리
곧이어 두 마리 세 마리.

박자를 맞추는 듯
소리를 주고받네.

달빛도 서럽게 흐르는 밤
비라도 내려주려나.

맹꽁이는 먼저 알고.
밤이 깊도록 울어 운다.

모닥불

어둠이 깊을수록
더 밝아지는 불빛.

너와 나
말없이 손을 내밀어
따뜻함을 나누고.

사그라지는 불꽃 끝에서
조용히 속삭인다.

지금 이 순간이
나는, 참 좋다고.

밤하늘 아래
모닥불은 타오르고.

우리의 마음은
그 옆에서 반짝인다.

무(無)로부터 왔다네

래처(來處)를 묻지 마라
무(無)로부터 왔다네.

거처(去處)를 따지지 마라
무(無)로 돌아가리니.

시류(時流)의 겹겹 속에서
한 점 파문을 남긴들
그 또한 바다에 스미면 무(無).

그래도 바람은 불고
강물은 흐르고.

이 길 끝 어딘가에
따뜻한 볕 한 조각
머물 자리 있으리라.

42

목련화

목련이 핀다,
땅속 깊이 잠들었던 숨결이
햇살을 따라 살며시 피어난다.

바람이 불면
흔들릴 줄 알면서도
가지 끝에 매달려 한들한들.

봄이 가면 어쩌려고
그리 쉽게 피었나.

그 몸짓은 가벼우나 가볍지 않고.
부드러우나 결코 연약하지 않다.

우아함이란, 흩날림 속에서도
중심을 잃지 않는 것.

목련화, 그래서 너는
봄을 여는 가장 아름다운 문장이 된다.

물소리 바람소리

물소리는 흐르고
바람 소리는 스친다.

그러나 어느 하나도
그 자리에 머물지 않는다.

물은 낮은 곳에 이르러
하늘을 품고 다시 오르고.

바람은 구름을 실어 나르며
빛이 머무는 길을 연다.

멈추지 않기에 사라지지 않고
형체가 없어서 어디든 닿는다.

물은 낮은 곳을 찾아 흐르고
바람은 멀리 떠돌다 스며든다.

나는 물인가, 바람인가
이 모두를 바라보는 하나의 그림자인가?

44
뭉게구름

하늘 끝 어느 자리
떠도는 구름 한 자락

바람 따라 가는 길이
내 가는 길 같아서라.

머물러도 머문 게 아니요
떠나가도 떠난 게 아닌 것을

구름은 아는가 모르는가
그저 흘러 흘러만 가누나.

우리도 뭉게구름 닮아
속박되지 않고, 집착하지 않으리.

무형이면서 실재 하는 것
존재하되 경계가 없는 것
뭉게구름은 그 자체로 하나의 철학이다.

민둥산 억새꽃 축제

민둥산 언덕 위
은빛 파도 출렁인다
황홀하게, 아주 황홀하게.

가을이 오면 피어나고
가을이 가면 스러지는 꽃.

한때는 푸른 꿈을 꾸었으나
결국 바람 따라 춤을 추는 몸
그저 흔들리고 흔들릴 뿐.

바람이 불면 춤을 추고
노을이 지면 불타오르네.

순간마다 태어나고
순간마다 사라지는 몸짓.

아 !
순간마다 머물다
순간마다 스러지는 그 황홀 !

46
바다 풍경

바닷가에 서면
푸른 깊음이
내 마음을 감싼다.

시간과 무상이 맞닿은
끝없는 물결.

잔잔한 파도는
하늘의 작은 속삭임

저 멀리 수평선 너머
아득히 펼쳐진 미지의 세상

빛과 어둠의 경계를 따라
꿈과 허상이 교차한다.

오늘도, 나는 바다에 나와
묵은 세월의 흔적을 보내고

무심한 바다로부터
작은 삶의 노래를 듣는다.

47

바람의 노래

바람은 어디에서 오고
어디로 가는가.

흙을 스치고
강을 지나
어떤 날은 꽃잎이 되고
어떤 날은 낙엽이 된다.

잡을 수 없고
멈추게 할 수도 없는 것
그럼에도 우리는 듣는다.

저 멀리서 흐르는
보이지 않는 노래를

귀 기울이면 알게 된다.
지나간 것도 남아 있고
사라진 것도 흐르고 있음을.

48
밤의 철학자

밤이 깊어지면
그는 창가에 앉는다.

창밖의 별이 하나 둘 깨어나고
고요한 어둠 속에서
마음속 질문들이 일어난다.

"나는 누구인가?"
"어디로 가야 하는가?"

하지만 밤은 말이 없고
대답 대신 새벽바람만 스친다.

동이 트는 순간
그는 문득 깨닫는다.

빛이 떠오르면
질문도 사라진다는 것을.

백합화(百合花)

하얀 꽃이 피었네
이슬 머금고 피었네.

고결한 이름, 백합화
바람이 스치면 한 올의 향기로
햇살이 닿으면 투명한 빛깔로.

백합꽃,
그대 그윽한 순백의 신비여
맑음으로 세상을 적시는구나.

누가 옷을 입혔는가?
누가 빛을 내려주었는가?

때가 되면 피어나고
때가 되면 스러지네.

지나가는 나그네야
꽃이 져도 울지마오.

그대 마음 한켠에도
한 송이 백합화
이슬에 젖어 반짝이리.

범사(凡事)에 감사하라

아침에 눈을 뜨면
햇살이 와 있고.

창문을 열면
바람이 들어오고.

길을 나서면
꽃들이 인사한다.

고통은, 내가 살아 있다는 증거
기쁨은, 내가 존재한다는 축복.

하루가 간다는 것은,
시간이 나를 품어준다는 뜻.

걸어온 길이 고되고 멀었으나
그 속에 배인 시간의 향기.

나는 감사하네,
모든 것이 축복이고 은혜였음을.

별빛어린 백담사 계곡

밤이 내리면 산은 침묵하고
계곡엔 별빛이 내린다.

깊은 산사의 고요함 속에
은하수가 머무는 밤.

계곡 물은 신령한 노래를 읊조리며
어둠 속에 찬란히 빛난다.

백담사 계곡이여,
그대는 밤하늘을 품어
우주의 비밀을 비추는 신비의 거울.

그 빛나는 적막 속에
나 또한 하나의 별이 되리라.

52

봉선화

애달프게 피는 꽃
봉선화는 왜
저토록 선연한 상처로 피는가.

바람이 불어와도
고개를 숙이고.

비가 내려와도
눈물로 물든다.

손끝에 닿으면
속절없이 번지는 붉음.

바람이 지나는 자리마다
물들어간 존재의 흔적.

봉선화는 꿈을 꾼다,
기억이란 이름으로
한 세상을 물들이고 싶은 욕망의 꿈을.

53
붕어 낚시

어둠이 내려앉은 호숫가
고요한 수면 위에 드리운 낚싯대 하나.

그 끝에 매달린 것은 기다림인가 유혹인가
붕어는 물속에서 조용히 떠돈다.

눈앞에 던져진 것은 단순한 먹이인가
보이지 않는 운명의 덫인가.

드디어 손끝으로 전해지는 미세한 떨림
그것이 저항인지 순응인지, 붕어는 알고 있을까?

낚는 자와 낚이는 자, 누가 더 자유로운가
나는 조용히 낚싯대를 세운다.

그리고 붕어를 다시 물속으로 놓아준다.
진정한 승리는 무엇인가?

달빛은 다시 호수 위를 덮고
나는 여전히 물가에 앉아, 새로운 시를 낚는다.

빛과 그림자

빛이 스미는 곳마다
어둠은 길을 내어주고
그림자는 고요히 누운 채
그의 존재를 새긴다.

빛이 높이 오르면
그림자는 작아지고,
빛이 낮게 기울면
그림자는 거칠게 몸을 키운다.

서로를 밀어내는 운명
서로를 삼키려는 영원한 대립.

빛없는 그림자는
형체조차 가질 수 없다.

그러나 기억하라
그림자가 있으므로
빛이 더욱 눈부시다는 것을.

55
뻐꾸기 알

남의 둥지에 내려 앉아
자신의 생명을 맡기는 자는
그것은 본능인가, 아니면 섭리인가?

세상은 기약 없는 순례
우리는 모두 남의 둥지에 앉아.

어디서 왔으며
어디로 가야 하는 지를 묻는다.

오늘도 뻐꾸기 새끼는
무심한 하늘 아래 울어댄다.

그 울음 속에는 죄가 없다
그러나 우리는 묻는다
죄란 과연 어디에서 비롯되는가?

주여!
내가 알을 품고도 모르듯
내 삶 또한
어디서부터 시작되었는지 알지 못하나이다.

추억 속의 여행

56
사계절이 지나간 풍경

봄이 남긴 것은,
살포시 돋아난 연두 빛 희망이었다.

여름이 지나간 자리엔,
뜨거운 햇살이 잎새를 흔들며
바람 한 자락에도 무더위가 있었다.

가을이 다녀간 곳에는,
낙엽이 한 겹씩 겹쳐져
기억마저 갈색으로 변해 있었다.

겨울이 지나간 땅 위에는,
마지막 눈꽃이 사라진 자리마다
다시 돌아올 계절을 꿈꾸고 있었다.

사계절이 흘러간 자리,
그곳엔 언제나
새로운 시작이 기다리고 있었다.

사라지는 것들

바람이 지나간 자리,
모래 위에 남은 발자국.

강물은 기억을 지우듯 흐르고
낙엽은 제 그림자를 남긴 채 떠난다.

어제의 말들은,
흩어진 먼지처럼 녹아 사라지고.

한때는 이름이었던 것,
목소리였던 것, 온기였던 것들이
어디론가 흩어진다.

그러나 사라짐은 끝이 아니라
이름 없는 것들의 시작.

기억이 바람에 섞여 떠난다 해도,
어디선가 누군가의 꿈이 되어 내린다면

그 또한 종말인가,
아니면 새로운 시작인가?

58
사랑의 찬가

태초에 말씀이 있었고
그 말씀은 사랑이었다.

십자가 위에서 흐른 눈물
못 자국 사이로 스민 은혜.

그 고통마저 사랑이란 것을
우리는 깨닫지 못했다.

"원수를 사랑하라"
그러나 인간의 마음은 작고
사랑은 크기만 하여라.

사랑은 보이지 않는다
그러나 사랑은 가장 선명한 빛이다.

사랑이 머무는 자리

보이지 않는 바람이 머문 자리엔
꽃잎이 흔들리고,
보이지 않는 사랑이 깃든 곳엔
영혼이 떨린다.

사랑이 머무는 자리엔 흔적이 없다.
그러나
손끝에 남은 따스함이,
눈빛에 스며든 자비가,
마음 깊은 곳에서 울리는 평안이
그곳이 성소임을 증언한다.

우리는 모두 그 사랑의 자리에서
한때 머물고, 한때 떠나며
끝내 다시 돌아오는 순례자들.

사랑이 머무는 자리,
그곳은 먼 하늘 너머가 아니라
지금 이 순간,
내가 손을 내민 바로 그곳이다.

60

산(山)

산은, 영원한 침묵의 소유자
너의 품 안에는 생명이 숨 쉬고
맑은 물이 흐르는 강이 흐른다.

산은, 시간을 초월한 존재
너는 옷을 갈아입는 마법사
변하는 계절 따라 자기 모습을 바꾼다.

산은, 인간의 스승
겸손과 인내를 가르쳐주는 현자.

산은, 자연의 조화
새들이 노래하고 동물들이 뛰노는 교향곡.
너의 존재만으로도 세상은 아름답다.

산은, 영원한 우리의 친구
너의 품안에서 우리는 언제나 하나가 된다.

산은, 우리의 어머니
너의 품안에서 우리는 삶의 의미를 찾고
너의 가르침을 통해 우리는 성장해 나가리.

61
산다는 것

산다는 것은,
세상의 유혹 속에서도
진리를 붙잡으려는 몸부림.

산다는 것은,
죽음을 넘어 영원으로 이어지는 것
흙에서 와서 흙으로 돌아가는 것.

산다는 것은,
사라져야 완성되는 미완성
끝남으로써 완전해지는 불완전.

산다는 것은,
잠시의 나그네 길
사랑을 실천하려는 내면의 투쟁.

산다는 것은,
존재와 무(無) 사이를 가로지르는 그림자
빛이 닿는 순간 사라지는 이슬방울이다.

62

산이 가르쳐 준 것

산은 말이 없었다
그러나 나는 들었다.

오르막길이 있어도
쉼이 있다는 것.

구름은 머물지 않고
지나간다는 것.

흐르는 물은 멈추지 않고
넘어진 풀은 다시 선다는 것.

시간은 산을 깎고
바람은 돌을 부수지만

산은 흐트러지되 무너지지 않고
깎이되 사라지지 않는다는 것.

63
삶의 격

삶의 격이란,
오랜 세월 견뎌온
나무의 나이테 같은 묵직함.

삶의 격이란,
남이 보지 않아도
묵묵히 다듬어 가는
그윽한 향 같은 것

삶의 격이란,
때로는 침묵으로 깊이를 더하는 지혜.

삶의 격이란,
내면의 깊이와 여유로 빛나는 것.

삶의 격이란,
시간이 흐를수록
향기처럼 스며드는 존재감 그 자체.

삶의 모순

더 많이 알지만
더 깊이 생각하지 않고

더 쉽게 만나지만
더 빨리 멀어진다.

편리함을 누릴수록
삶은 더 복잡해지고.

행복을 추구 할수록
사람들은 더 불행해진다.

우리는 전진하지만
어디로 가는지는 모른다.

삶의 풍경

삶은 늘 그 자리에 있다
우리가 지나칠 뿐.

산은 묵묵히 세월을 지고
강물은 어제를 안은 채 흐른다.

길 위에 발자국이 남아도
시간은 그마저 지워버리고.

머물던 바람, 스치던 햇살
모두 한때의 흔적일 뿐.

그러나 그 모든 것이 모여
어느새 풍경이 되고, 삶이 된다.

우리는 스쳐 가는가
아니면 풍경 속 한 조각이 되는가.

66

상사화(相思花)

줄기는 잎을 그리워하고
잎은 꽃을 기다리지만,
우리는 끝내 만나지 못하는 인연.

너와 나는,
늘 엇갈리는 존재
닿을 듯 닿지 않는 거리.

붉디붉은 그리움은
서로를 마주하지 못한 채
먼 하늘 아래 서성인다.

기다림이 곧 삶이라면,
이별 또한 사랑일까.

한 번만이라도
같이 피어날 수 있다면,
그때는 슬픔 없이
고이 져도 좋으리.

67

생명의 봄

어느새 봄이,
저 골목 끝에서 다가오고 있다.

햇살 한 줌이,
담장 위를 쓰다듬고
그 아래 고양이는 기지개를 켠다.

마른 가지 끝엔,
초록의 숨결이 머물고.

낡은 창틀에 기대선 라일락은
먼 길 돌아온 향기로 웃는다.

겨울을 품었던 돌담도
따스한 옛 바람을 기억하네.

살랑이는 바람, 희망이 가득한 공기
그 길목에서, 나는
다시 살아갈 이유를 배운다.

68
서리산 철쭉, 그 붉은 꿈

새벽안개 속에서 태어나는 빛
너는 꽃인가, 불인가,
타오르는 저녁노을인가?

꽃잎마다 물든 붉음은
신의 손끝이 남긴 채색인가?

한 송이, 또 한 송이
하늘로 치솟듯 피어나는 꽃 무리.

덧없는 바람이 스쳐가도,
꽃잎마다 태양을 품고
가장 빛나는 순간을 남길 수 있다면.

한철 피어 사라져도
봄의 정점, 저 황홀함
영원 속에 남아 있을 불꽃이리라.

세월의 주름

바람이 빚은 골짜기마다
시간이 새겨놓은 깊은 주름이 있다.
아침 이슬이 스미듯
주름진 손끝으로 스쳐 간 기억들,

강물도, 돌담도,
언젠가 주름을 품게 되리라
누군가의 손길이 스쳤던 자리마다
세월은 흔적을 새긴다.

나는 거울 앞에 서서
이마에 새겨진 골을 어루만진다.
그곳엔 잊힌 시간이 잠들어 있고
내가 살아온 이야기들이 있다.

그러나 당신
이 주름을 서러워 말라,
이것은 시간의 흔적이 아니라
그리움과 사랑이 남긴
하늘 빛 문장이라네.

추억 속의 여행

70

소나무

소나무는,
언제 보아도
그 자리에 서 있네.

눈이 와도
비가 내려도
아무 말 없네.

사람들은 스쳐 가고
계절은 바뀌어 가도.

소나무는,
그냥 거기 그대로
나를 기다리고 있네.

그대처럼 살고 싶네
변하지 않는 마음으로
흔들리지 않는 믿음으로.

소망의 불꽃

한 점 불꽃이 어둠을 가른다.
바람이 불어와 흔들어도
그 작은 빛은 꺼지지 않는다.

고난의 한 복판에서
불씨는 재로 변하지 않고
오히려 더 붉게 타오른다.

슬픔이 스며든 밤에도
불빛은 가늘게 속삭인다
"곧 지나가리라."

불꽃은,
절망을 녹여 희망을 만들고
고통을 지나 영원을 향한다.

그리고 마침내,
소망의 불꽃은
어둠을 품고 빛으로 변한다.

72
소양강 빙어 낚시

두꺼운 얼음 위에 조그만 구멍 하나.
고요한 기다림은 인내심의 시험인가

마침내, 손끝으로 전해지는
찰랑이는 떨림, 떨림, 그리고 떨림.

이는, 물속의 파문이 아니라
내 마음이 떨리는 소리였겠지.

빙어 한 마리의 작은 몸짓이
긴 침묵을 가르고.

뽀얀 살결 빛나는 빙어
초장에 찍어 한 입, 또 한 입.
빙어처럼 반짝이던 우리들의 웃음소리

아! 소양강의 겨울은,
많은 이야기의 고향, 추억 속의 고향일세.

73
쇠백로의 하루

고요한 호숫가, 갈대숲 사이로
쇠백로 한 마리 홀로 그림자를 던진다.

긴 목선은 바람결을 가늠하고
깊고 맑은 눈빛은 물결을 헤아린다.

고요한 시간 속에 그는 기다린다
침묵을, 시간을, 외로움을

작은 물고기 한 마리, 파문을 남길 때
쇠백로의 그림자는 서늘하게 움직인다.

순간, 번개처럼 뻗은 부리에
생의 떨림이 걸려든다.

다시 침묵, 다시 평온
쇠백로는 다시 고요해지고
물 위에는 오직, 흐르는 하루만이 남는다.

수선화(水仙花)

햇살 좋은 날
살며시 피어나
혼자서도 환한 꽃.

누가 보아도 아름답지만
스스로 자랑하지 않는 꽃.

흙 속에 묻힌 날들이 있어
더 환하게 피어나는 꽃.

고개를 숙이지만
마음은 당당하고, 향기는 멀리 나르네.

누가 알아주지 않아도
그냥 있는 자리에서 봄을 완성하는 꽃.

숲속 오두막

숲길 끝, 잔잔한 오두막
그 곳에 내 마음을 두고
하루가 천천히 지나간다.

나무들은 여전히 서 있고
새들은 그들의 노래를 부르네.

햇살이 나뭇잎 사이로 스며들 때
시간은 한숨 돌리며 조용히 흐르고
내 영혼은 풀내음에 감싸인다.

별빛 아래 고요한 밤
달빛은 내 작은 꿈을 비추며
모든 것이 순수하게 스며드네.

여기서 나는, 모든 것을 내려놓고
자연과 하나 되어
진솔한 나를 다시 만난다.

76
아름다운 동행

너와 나, 손을 잡고 걷는다
같은 길을 걸어간다.

바람이 불어도
햇살이 따가워도
그저 같이 걸을 뿐.

앞서거니, 뒤서거니.
길이 구불거려도
발걸음은 한결같다.

너의 그림자가 내 곁에 머물고.
나의 온기가 네 마음을 감싼다.

말이 없어도 좋다
서로의 숨결만으로도 그냥 좋다.

이 길은 외롭지 않네.
한 송이 들꽃처럼 소박한 행복.

우리의 동행 길은 아름다운 길
우리의 영원한 추억의 길이다.

아침 이슬

꽃잎 끝에 매달린
작은 물방울 하나.

햇살을 머금고
투명한 웃음 짓는다.

조금만 더 있다가
바람이 부르면
조용히 사라질 거야.

하지만 기억은 해줘
내가 여기 있었노라고.

앵무새의 침묵

말을 할 수 있다는 것
그러나 그것이
나의 말이 아니라는 것.

세상은 내게 혀를 주었으나
생각을 주지는 않았다.

나는 그저 듣고, 따라하고
반복하여 살아간다.

어떤 말은,
입에 닿기도 전에 사라지고.

어떤 말은,
나를 스쳐갔으나
영원히 내 것이 되지 못했다.

그러나 어둠이 내리면
나는 조용히 입을 닫는다.

그때서야 비로소
나의 진짜 목소리가 들려온다.

약수터

햇살이 비추는 아침
그 빛이 반사되어
깨끗한 꿈을 품은 물줄기.

맑은 물 한 방울에
세상의 소리가 담기네.

고요한 약수터 앞에서
우리네 마음은 거친 숨을 고른다.

바람에 실려 온
옛 이야기와 약속들이

여기 약수터 물 한 목음에
모든 슬픔과 기쁨이 녹아든다.

언젠가 너는

너는 아직 작은 씨앗이지만
네 안에는 큰 나무가 자라고 있다.

비바람이 몰아쳐도
그 뿌리는 더 깊이 내리고.

눈보라가 덮쳐 와도
그 줄기는 더욱 단단해지네.

조금만 더 기다려라
너의 계절이 완성되면.

뜨거운 여름 날 오후
누군가에게 시원한 그늘이 될 것이다.

'어린 왕자'의 노래

어른들은 숫자를 세고
모래 위에 성을 쌓지만
바람이 불면 사라진다.

나는 한 송이 장미를 사랑했고
한 마리 여우를 길들였으나
그들은 모두 내 곁에 없네.

밤하늘을 올려다보라.
어느 작은 별에서 들려오는 웃음,
그것이 나였노라.

그러니
너는 무얼 위해 울고 있는가?
무얼 위해 달리고 있는가?
언젠가 우리 모두 별빛 속으로 사라질 것을.

영생(永生)

바람처럼 사라질 육신 너머
숨결은 어디로 흐르는가.

흙에서 나고 흙으로 돌아가는 것
나는 한 점 티끌이라
그분 안에서 밝은 빛이 되리라.

시간은 영원을 품은 그림자
죽음은 끝이 아니라 새로운 문.

길과 진리와 생명이여!
내 영혼 당신께로 돌아가리니.

그날, 새 하늘 새 땅에서
마르지 않는 생명의 강물 마시리라.

영혼의 고향

나는 지금 어디에 있는가,
육신을 입은 채 떠도는 자인가
아니면 돌아갈 길을 아는 자인가.

태초의 빛이 스미던 자리,
말씀이 형상화되기 전
나는 이미 그곳에 있었다.

시간은 강처럼 흐르고
몸은 한 줌의 먼지가 되어도
영혼은 자기의 본향을 기억하리니.

그곳은 어둠이 닿지 않는 빛의 집
생명의 강이 마르지 않는 곳.

고통도, 기쁨도
한때의 나그네 짐이라.

마침내 부름이 있으면,
나는 처음으로 돌아가리라
그곳, 내 영혼의 고향으로.

영혼의 속삭임

내 영혼은 속삭인다,
어둠 속에서도 들리는 소리.

어느 날은 푸른 별빛이
어느 날은 이슬 젖은 잎새가
때로는 스러지는 꽃잎 하나가
그 속삭임을 전하고 있었다.

영혼의 속삭임은 말한다,
"너는 너이면서 네가 아니다"
"너는 순간이면서 영원이다"
"너는 하나이면서 전체다."

그 말은 바람처럼 가벼우나
산처럼 무겁고, 영원히 머문다.

보이지 않는 소리,
이해할 수 없으나 가장 선명한 진리
그 속삭임 속에서,
나는 쉼을 얻고 나는 존재한다.

85
오동잎의 깨달음

오동잎 하나가 떨어진다
누가 떨구었는가.

가을인가, 바람인가
아니면 나 자신인가.

떨어진 것은
잃어버린 것이 아니라
새로운 길 위에 놓인 것.

흙이 되고, 비가 되고
다시 나무가 될 것을 알기에
오동잎은 두려워하지 않는다.

이제, 나도 안다.
머물러 있던 자리가 전부는 아니며
떠나는 것이 곧 사라짐이 아니라는 것을.

86
오솔길

오솔길은 직선이 아니다
때로는 굽어지고
때로는 끊어질 듯 이어진다.

오솔길은 묻는다
길을 걷는 것인가?
길이 너를 걷게 하는가?

길의 끝이 어디인지 묻지 말라
끝이 있음을 믿는 순간.

길은 길이기를 멈추고
목적이 된 허상 속에 갇힌다.

그러니 다만 걸어라
길이 스스로 사라지거나,
더 이상 길이 필요 없을 때까지.

올챙이

물속에 떠 있는 것은
흐름인가, 존재인가.

머리 하나, 꼬리 하나
그것이 전부인 삶.

다리 없이도
앞으로 나아가지만.

땅을 디딜 날을 위하여
무엇을 잃고, 무엇을 얻을 것인가.

꼬리를 버려야
비로소 개구리가 되듯.

우리는 무엇을 버려야
더 온전한 내가 될 것인가?

외딴 섬

멀리 떨어진 작은 섬
바람 한 점과 달빛 하나가
조용히 머무는 곳.

바다의 잔잔한 속삭임
그 소리에 내 마음도
조용히 젖어 든다.

달빛 아래 고요히 비추는
섬의 그림자 속에서.

나는 나를 마주하며
존재의 깊이를 헤아린다.

바다의 끝없는 품에
우리의 작음이 묻혀가듯.

삶과 허무, 진리와 꿈이
조용히 하나 되어 흐른다.

운길산, 수종사의 차향(茶香)

북한강과 남한강이
저마다의 길을 흐르다
한 몸이 되는 곳, 운길산 수종사

500년을 살아온 은행나무는
굳건하게 산사 곁을 지키고

나는 차 한 잔을 우려내어
조심스레 한 모금 음미한다.

차 한 잔에
가벼워지는 영혼의 무게

세상은 저토록 유장한데
나는 무엇을 쫓아 그리도 서둘렀던가.

한 모금, 그리고 한 모금
차향은 바람이 되고
시간은 강이 되어 흐른다.

원점(原點)

나는, 길을 떠났다
멀리 가보면 알 것 같아서.

많은 것을 보고, 듣고, 느꼈다
돌아보니 제자리였다.

처음 서 있던 그 자리
나를 부르던 바람과.

나를 비추던 햇살이
여전히 거기 있었다.

새로운 것은 없었다
다만, 내가 조금 달라졌을 뿐.

여기가 끝인가 시작인가
나는, 나를 부정하며
또 다른 나를 창조한다.

월출산의 노을 녘

월출산에 해가 기울면,
저 멀리 수평선에
저녁노을이 곱게 피어난다.

붉디붉은 저녁 하늘이
누군가의 가슴 속 울음이 되고.

자줏빛 서러움이
구름 가장자리에 번지는데.

장밋빛 희미한 추억은,
수평선 너머 스러지고
바다 끝자락엔 잿빛어둠이 몰려온다.

어머니 치맛자락 같은,
그 고운 노을 빛
내 마음도 그 빛 되어 고향 하늘 그리워하네.

은행나무 산책로

바람은 서늘하게 귀를 스치고
어디선가 들려오는 새의 노래가
깊어가는 가을을 노래한다.

나는 그 길을 걷는다
바스락거리는 낙엽 소리가
마치 오래된 서책을 넘기는 듯.

시간의 조각들이 흩어져
길 위에 깔린 듯
황홀한 황금빛으로 세상은 물들고.

멀리서 겨울이 다가오는 소리
가을이 저무는 소리
그러나 이 찬란한 가을 빛 가을 빛.

아직은, 이 눈부신 길 위에서
나는 더 걷고 싶어라
나는 더 사색하고 싶어라.

93
"이화에 월백하고"

하얀 배꽃, 달빛을 품어
황홀한 봄밤이 열리고
하늘에는 은하수가 고요히 흐르네.

밤새워 우는 두견새 소리
애달프게 가슴을 조이는데.

시인은 다정한 마음을 앓으며
잠 못 이뤄 창가에 기대선다.

먼 세월 흐르고
이제는 손닿을 수 없는 날들.

그러나
아득한 그 옛날
그 시절 그 '시조'는

아직도 내 가슴 속에
꿈결처럼 아련히 남아있네.

인생

시간은,
손에 쥘 수 없는 물방울
떨어지는 순간 허상이어라.

어제의 나는, 이미 낡았고
내일의 나는, 아직 태어나지 않았으며

지금의 나조차도
찰라 속 허상은 아닐까

발자국마다 스며든 한숨들
그것이 인생이라면.

순간 멈추어, 길이 보이면 걷고
길이 없으면 쉬어가고 싶어라.

가끔은 풀잎 위 이슬처럼
잠시 머물러도 괜찮으리.

인연

너를 만났다
꽃이 피는 봄날처럼.

잠시 머물다
바람 따라 흩어질 줄 알면서도

좋았다
햇살이 따뜻했던 날들이.

멀어져도 괜찮다
한때 너와 함께였으니

그게 인연이면
그걸로 충분하다.

잃어버린 계절

봄이 가면 여름이 오고
가을이 가면 겨울이 온다지만
그것은 순환인가, 소멸인가.

잃어버렸다면,
그것은 내 것이었는가.

잊혀졌다면,
그것은 존재했는가.

시간은 흘러가는가, 쌓여 가는가
계절은 반복되는가, 사라지는가.

시간의 강 저편에 버려진 풍경
한낱 꿈처럼 스러진 계절

나는 묻네
그 잃어버린 계절은 어디에 있는가?

나는 기다리네, 기억 속의 그 계절을
기다리다 지쳐도 나는 행복하리.

자아(自我, Ego)의 치유

빛바랜 거울 속에
나는 나를 바라본다.

깨진 조각마다 묻어난
지나간 시간의 흐름이여.

마음 깊이 금이 간 자리
언젠가의 상처가 나를 흔들고 있다.

눈을 감은 채, 나는 나를 치유한다.
아픔을 껴안은 날들이
조용히 나를 다시 세운다.

상처는 사라지는 것이 아니라
시간 속에서 다듬어지는 것.
지금 이 순간도 지나갈 것이다

나는 흔들리지만 쓰러지지 않는다.
나는 다시, 본래의 나로 돌아가리라.

자연의 도(道)

산은 높지만,
늘 하늘을 우러르고.

바다는 깊지만,
강을 품어 길을 내어준다.

구름은 가벼워도,
언제나 아래를 바라보며.

노을은 붉게 물들어도,
어둠이 오면 물러서고.

달빛은 차갑게 빛나도,
밤을 다 쓰고 나면 사라진다.

바람은 자유롭지만,
나뭇잎을 흔들 뿐 소리치지 않는구나.

그리하여 자연은,
가장 크고 넓은 자리에 고요히 머문다.

99
자유의지(自由意志)

죄의 유혹은,
자유의 필연인가?
아니면 신이 남겨둔 낯선 함정인가?

빛이 있으라 하신 순간
그때, 우리는 '선택할 권리'를 받았네.

자유는 무너짐이 아닌,
손을 뻗어 빛을 붙드는 일
그분의 뜻을 향해 걸어가는 길.

자유는,
그 분의 손끝에서 피어나는 의지.
그분의 숨결이 실린 선택이라.

선택하라, 생명의 길을
걸어가라, 빛의 언덕을

자유의지는 방종이 아닌
그분께로 향하는 순종이고 은혜일지라.

장미꽃 향기

가시를 품어도 아름다운 꽃
내 마음 앗아간 장미꽃 향기.

꽃은 피어남으로 죽음을 예비하고
향기는 스러짐으로 영원을 남긴다.

향기는 보이지 않으나
그리운 추억이 그대를 그리워하네.

사랑은 향기로 남고
믿음은 꽃잎 위에 머문다.

보이지 않는 것을 믿고
스러지는 것에 길을 찾을 때

장미꽃 한 송이,
그 향기 속에서 찾아지는 진리의 깨달음.

젊은 날의 회상

나의 젊은 시절,
욕망과 이상이 한 몸이던 시절.

젊음은 흐르는 강인가?
흔적 없는 바람인가?

나는 알고 있네,
젊음이란 머문 자리가 아니라
바라보는 눈빛이라는 것을

나는 알고 있네,
젊음이란 지나간 것이 아니라
홀로 남은 나의 모습인 것을.

젊음이여,
바람 따라 가버린 지난날이여.

돌아보아도 그 자리에 남은 것은
오직, 희미한 그림자의 잔영뿐이라.

존재의 길

길은,
방향인가, 과정인가?

존재의 길은 흐르는 길
존재의 길은 모순의 길.

희망과 절망이 엇갈리고
끝이 시작을 부르고,
죽음이 삶을 증명하는 것.

존재의 길은,
의미를 찾는 자에게 의미가 되고
그냥 사는 자에게 그저 흘러가는 것.

삶과 죽음이 서로를 증명하는 역설
존재의 길은 그 모든 것의 이름이다.

결국, 흘러가는 것이 존재라면
존재의 길은,
어디에도 닿지 않는 무한의 곡선.

103
좁은 길로 가는 자

넓은 길 말고
좁은 길을 택했다.

쉬운 길 두고
굳이 좁은 길로 가려는가?

조금 불편하고
조금 힘들어도.

돌부리에 채이고
바람에 밀려도.

누군가는 묵묵히 걷는다
저기 빛이 보일 때까지.

조금 더 맑은 하늘이
나를 맞아 줄 것 같아서.

종달새

종달새인가? 노고지리인가?
한 생명 위에 두 개의 이름이라.

그래서 높이 오르는가
그래서 맑게 노래하는가

바람이 너를 밀어 올려도
너의 깃은 떨리지 않고.

햇살이 너를 태워도
너의 노래는 멈추지 않는구나.

네 노래가 맑디맑은 것은,
흙의 무게를 알기 때문일까?
속세의 무게를 알기 때문일까?

네 노래가 사라지면
봄도, 네 노래 따라 같이 가려니라.

찔레꽃

이른 아침 시골길 모퉁이
바람결에 스며오던
그 향기, 찔레꽃 이었지.

뒷산 골짜기 따라 흐르던
실개천 물소리 위로
하얀 꽃잎이 나풀나풀.

햇살은 따뜻했고
맨발로 걷던 논두렁길엔
손에 들린 꽃향기로 가득했다.

그때는 몰랐다
먼 훗날,
그 향기가 그리움이 될 줄을.

아! 고향에 대한 그리움이
찔레꽃 향기보다 진하여라.

추억 속의 여행

처세술

낮은 자리에 물이 고이고,
부드러운 흙이 씨를 품는다.

침묵은 가장 큰 언어
말이 많으면 허물이 따른다.

빛이 강하면 그림자가 깊고
강은 비워야 바다에 닿는다.

높은 곳에 오르면 먼저 지치고
너무 낮으면 먼지가 찾아온다.

보이지 않아도 흐르는 것이 강이요
말하지 않아도 아는 것이 지혜다.

바람 따라 흐르되 뿌리를 잊지 말고
서두르지 말되 중단하지 말라.

그러니, 너무 애쓰지는 말라
햇살도, 바람도,
때가 되면 너를 감싸줄 테니.

추억 속의 추풍령

산마루엔 바람이 불고
낙엽은 길을 따라 흩어진다.

산새도 울고 가는 길
바람도 쉬어 넘는 길
과거 길 오르던 선비들이 넘던 길.

누군가는 기약 없는 작별을
누군가는 고향을 뒤로 한 채.
떠나는 길, 떠나야만 하는 길.

추풍령 길 위에는,
추억 따라
그렇게 그리움만 쌓이는데.

추풍령은 조용히, 그러나 묵묵히
모든 발걸음을 품는다.

태백산 주목나무

태백산 정상, 그 위에
한 그루 늙은 주목이 서 있다.
천년의 기다림이 뿌리에 서린 듯,
굽고 휘어진 몸.

바람이 불어도 그는 서 있고
눈보라 쳐도 그는 서 있다.
산등성이에 남겨진 것은
오직 바람과 구름뿐.

높이 선다는 것은,
더 많은 바람을 맞는 일
더 깊이 외로워지는 일.

밤하늘의 별과 대화하다가
언젠가 사라질지라도

그 자리엔 바람이 남고,
그 바람은 노래하리
여기에 한 그루 나무가 있었다고.

파도소리

세월이 밀려오고
다시 밀려가는 소리.

밀려와 부딪히고
부딪혀 부서지며.

부서져 다시 시작하는
이 끝없는 순환.

어제의 파도는 어디로 갔는가
오늘의 파도는 무엇을 남기는가
내일의 파도는 무엇을 말할 것인가

모든 소리는 사라지고
모든 흔적은 씻겨나가도
바다는 여전히 거기 있다.

팔복(八福)

가난한 자여,
그대 손에 하늘이 깃드네.

애통하는 자여,
눈물이 위로가 되리라.

온유한 자여,
세상이 그대 것이리라.

의에 주린 자여,
하늘이 그대를 채우리라.

긍휼(矜恤)을 베푸는 자여,
그대도 긍휼을 입으리라.

마음이 맑은 자여,
하나님을 보리라.

화평을 이루는 자여,
그대는 주의 자녀라.

박해받는 자여,
하늘이 이미 그대 안에.

팔자(八字)

태초에 새겨진,
문장이 있다 하더라도.
그것은 흙 속의 씨앗일 뿐.

흐르는 강물도,
바람을 만나면 길을 틀고.

달도,
구름에 가려지는 법.

나는
그냥 가는 대로 가보련다
걸음마다 내 길이 될 것을 믿고.

풍경화

같은 풍경, 같은 자리,
그러나 늘 다른 색체로
나를 맞이하는 풍경화.

어제 본 호수는 푸른 고요였는데,
오늘은 잿빛으로 흐느낀다.

바람이 분걸까,
아니면 내 마음이 일렁인 걸까.

변한 것은 무엇인가?
구름일까, 바람일까,
아니면 나의 눈빛일까.

풍경은 그 자리에 있고
나는 그 안에서 흔들린다.

바라는 것은 오직 하나,
이 모든 빛과 그림자마저
한 폭의 아름다운 풍경이기를.

한 알의 밀알

한 알의 밀알이 스러진다.
바람도, 빛도 닿지 않는 어둠 속
고요히 자신을 내려놓는다.

그것은 소멸인가, 헌신인가,
아니면 초월인가.

죽음의 경계에 선 작은 씨앗은
스스로를 부정하여 존재를 완성한다.

그 부서짐 속에 감춰진 은총
떨어짐은 오히려 돋아남이며
사라짐은 더욱 빛나는 여정.

죽음의 문을 지난 자만이
영원의 길 위에 서리라.

사라짐이 남겨짐이 되고,
죽음이 삶을 끌어올릴 때
순환은 영원을 품는다.

114
한탄강

강물은 흘러 흘러
역사를 만들고.

절벽은 솟아 솟아
세월을 새긴다.

궁예의 눈물인가
강물은 깊고.

주상절리 바위틈엔
바람이 쉬어간다.

고석정 바위 위엔
역사가 숨쉬고.

한탄강 물결 속엔
자연이 살아 있네.

할미꽃

할미꽃은,
고개를 숙인다.

무게를 아는 것들은
언제나 낮은 곳을 향하느니.

꽃이 피어도
환호하지 않고.

꽃이 져도
슬퍼하지 않는다.

세월은 흐르고
바람은 지나가고.

나는 그저,
흙에서 왔다가
흙으로 돌아갈 뿐.

116

해후(邂逅)

잊었던 듯
잊으려 했던 듯
그러나 잊지 못했던 너.

봄날의 햇살 같은 미소
가을날의 단풍 같은 웃음
너는 내게 그런 사람이었다.

세월은 흘러, 너와 나
서로 다른 길을 걸었지만
마음은 언제나 네 곁에 있었다.

그리고 오늘,
너를 다시 만난 지금
나는, 세상 모든 것을 얻은 듯 행복하다.

사랑하는 당신아!
우리의 재회(再會)가 영원하길 바란다.

여름날의 소나기 같은 눈물
겨울날의 눈송이 같은 슬픔
다시는, 우리 생애에 두 번 다시 없으리니.

허공(虛空)

태초에 허공이 있었으니,
이는 곧 창조 이전의 침묵이요
말씀 이전의 무한이었네.

허공은, 보이지 않으나 가득하고
비어 있으나 모든 것을 담는다.

허공은, 형체가 없으나
모든 형체를 있게 하고,

존재는, 허공을 딛고 서지만
허공 없이는 존재도 없다.

비어 있으나 가득한 것
보이지 않으나 모든 것을 이루는 것.
우리는 그것을 허공이라 부른다.

허공은 곧 신의 자리,
기도하는 자는 이를 느끼고
영혼은 그 안에서 쉼을 얻으리라.

호박꽃

담장을 넘어선 노란 꽃
누군가 손가락질 하며 웃는다
"예쁜 꽃도 아닌데 저리도 크네."

허공을 감싸 안은 넝쿨이
낮은 땅을 기어오르며
태양을 향해 몸을 뻗는다.

꽃은 모른다
자신이 얼마나 억세고 강한지.

그 흔한 향기조차 없어도
벌과 나비가 찾아와 열매를 맺는다는 걸.

가을이 오면
울퉁불퉁한 속살을 품고
호박은 완성을 이룬다.

그때서야 모두는 안다.
모든 꽃이 예쁘기만 한 건 아니라는 걸.

황금률(黃金律)

하나님의 음성이 들리는가?
"네가 남에게 대접받고자 하는 대로
너도 남을 대접하라."

내가 너에게 남긴 손길은
보이지 않는 결을 남기고
시간은 그것을 기억한다.

네가 원하는 것을 먼저 베풀라
이것은 도덕의 근본, 우주의 질서.

황금률은 삶의 기준,
시간을 초월한 존재의 방식.

네가 바라듯 행하라!
이 세계는 오래전부터
그렇게 움직이고 있었다.

마지막 날 심판대 앞에서
내가 베푼 자비가 나를 감싸리라.

황진이의 사랑

그대여, 사랑은 무엇인가?
고운 듯 애달프고
가까운 듯 머나먼 정회.

달빛 아래 흐르는 강물처럼
그대 향한 내 마음은 멈춤이 없네.

나는 붓 끝에 한숨을 감추고
비단 치마에 눈물을 감추는데.

그대는 무심한 강물이 되어
달빛 속을 흐르고 또 흘러가네.

강물 따라 그대 떠난 자리에
나는 달빛으로 남아
그림자 없는 허공을 안으리라.

황태

바다의 푸른 생명으로 태어나
거친 물결을 가르던 날들.

그러나 참된 변화는
고통과 기다림 속에서
결국은 이루어지는 법.

차디찬 밤을 견디고
해를 머금은 낮을 지나

속살을 비우고
더 깊어지는 맛.

십자가의 바람을 견디며
속살을 비우는 자,
비로소 거룩한 것을 얻나니.

몸을 비우는 일
그것이 곧 채움이라네.

회개(悔改)

길을 잃고서야
길을 묻는다.

어둠에 젖어든 시간 위로
양심이 깨어나고
바람은 지난날을 뒤척인다.

나는 무엇을 버렸으며
무엇을 택했던가.

고요한 물 위에 비친 얼굴
낯설고 쓸쓸하다.

회개는 돌아섬이 아니라
새롭게 걷는 길
눈물이 아니라 새로운 길.

나는 이제,
어제의 나를 벗고
내일을 향해 걸어간다.

123
흔들리는 갈대

바람이 불면
나는 흔들린다.

그게 슬픔일까
아니면 다행한 일일까

흔들리면서도
나는 쓰러지지 않는다.

가끔은 휘청거리지만
때로는 눈물나지만.

그래도 나는
오늘도 바람 속에 서 있다.

흔들리며 피는 꽃

바람이 불어와
자꾸만 나를 흔든다.

비가 내려와
조용히 나를 적신다.

그래도 나는 피어난다
흔들리면서도 피어난다.

그게 꽃이니까
그게 삶이니까.

추억 속의 여행

2025. 3. 20. 초판 1쇄 발행

지은이 | 유희신

펴낸곳 문암출판사 | 펴낸이 염성철

출판등록 | 제2021-000079호
펴낸 곳 | 경기도 고양특례시 일산서구 산현로 92번길
출판부 | 031-911-1137
blog | naver.com/bookrock53
E-mail | bookrock53@naver.com
ISBN | 979-11-974465-5-9   03180
copyright ⓒ유희신 2025〈printed in korea〉

● 잘못된 책은 구입하신 곳에서 교환해 드립니다.

총판 : 선교햇불